AF432751

Titre

Esclave pour une Semaine
Série Complète

Pour

Erika Sanders

Serie

Domination et Soumission Érotiques

@ Erika Sanders, 2023

Image de couverture: @ CM_Foto - Pixabay, 2023

Première édition: 2023

Tous droits réservés. La reproduction totale ou partielle de l'œuvre est interdite sans l'autorisation expresse du titulaire du droit d'auteur.

Synopsis

Erika accepte d'être l'esclave de Sandra pendant une semaine...

Esclave pour une Semaine est un roman à fort contenu érotique BDSM et, à son tour, un nouveau roman appartenant à la collection **Domination et Soumission Érotiques**, une série de romans à fort contenu BDSM romantique et érotique.

(Tous les personnages ont 18 ans ou plus)

Remarque sur l'auteure

Erika Sanders est une écrivaine de renommée internationale, traduite dans plus de vingt langues, qui signe ses écrits les plus érotiques, loin de sa prose habituelle, de son nom de jeune fille.

Indice

ESCLAVE POUR UNE SEMAINE
SÉRIE COMPLÈTE
POUR
ERIKA SANDERS

PREMIÈRE PARTIE

« Tu comprends, me dit Sandra, qu'une fois que tu entres chez moi, ce que je dis s'applique. Obéissance complète et totale.

"Euh, oui," dis-je avec un peu d'appréhension.

"Pas euh, oui," dit-elle fermement, "Oui Maîtresse."

"Oui Maîtresse," dis-je avec un peu plus de conviction.

"Beaucoup mieux." Elle ouvrit la porte et la tint de côté pour que j'entre. Je passai devant elle, remorquant la mallette contenant les choses que j'avais apportées avec moi et me tenais dans le couloir. Sandra a fermé la porte et est passée devant moi. J'ai examiné sa jambe assurée. Elle était grande, près de 6 pieds de haut. Je ne mesure que 5'2 "et je me sentais éclipsé par elle. Elle avait une belle forme cul , belles hanches courbes et gros seins en forme de C. J'ai été frappé.

Nous nous étions rencontrés dans un pub et après avoir parlé toute la nuit, elle m'avait demandé si j'étais ouvert d'esprit. J'avais dit oui et puis elle m'avait demandé si je me considérais plutôt dominant ou soumis.

J'avais dû y penser. Je sais ce que je veux, mais je suis aussi heureux quand quelqu'un est prêt à prendre en charge et à me dire quoi faire. Je lui ai dit que j'étais soumis.

J'avais été choqué quand elle m'avait demandé si j'aimerais être son esclave.

"Que veux-tu dire?" Je lui avais demandé.

"Je veux dire que tu viens chez moi et que tu restes avec moi et que tu fais tout ce que je te demande.

"Sexuellement?"

"Tout." J'avais dû réfléchir. Nous avions discuté d'autres choses, dansé, bu et vers la fin de la nuit, nous nous étions embrassés. C'était un baiser merveilleux, puissant et plein de luxure. J'ai posé ma main sur son sein et elle l'a retiré et m'a regardé dans les yeux.

"C'est pour mon esclave," dit-elle.

"Alors je veux être ton esclave."

Et maintenant nous étions là, une semaine plus tard. Nous avions convenu d'un essai d'une semaine .

"Tu n'as pas encore gagné le droit de porter des vêtements Erika, enlève-les tous." J'ai hésité et elle s'est approchée de moi. "Ne m'énerve pas d'emblée Erika, ou une punition sera infligée. Enlève-les."

"Oui Maîtresse," dis-je. J'ai enlevé mes chaussures, puis j'ai aussi retiré mes chaussettes. J'ai dégrafé mon jean et l'ai fait glisser le long de mes jambes pendant que Sandra me regardait. Ensuite, j'ai passé mon t-shirt par-dessus ma tête pour me tenir là, en sous-vêtements. Ma culotte est passée ensuite et enfin mon soutien-gorge. J'ai soigneusement plié chaque vêtement et je l'ai mis sur mon sac.

Sandra examinait mon corps nu. Je me sentais comme un morceau de viande juste là. Elle jeta un coup d'œil à mes petits seins, puis tendit un doigt et le passa sur mon mamelon en érection.

"Tu as de si beaux petits seins, Erika," me dit-elle.

"Merci Maîtresse ."

« Tirez vos mamelons pour moi, tirez-les fort pour que je puisse voir jusqu'où vous pouvez les obtenir et jusqu'où ils ressortent ensuite.

Je baissai les yeux sur mes mamelons et en pris un dans chaque main. Je les ai tirés fort, jusqu'à ce que ça fasse mal, mes petits seins s'étirant en cônes sortant de mon corps. Quand je lâchai prise, les mamelons se dressaient fièrement et avec excitation.

"Bien joué Erika."

"Merci Maîtresse ." Ses yeux ont continué à me scruter. Elle a regardé ma chatte, avec sa touffe de poils bien taillée, et a dit : "Ça ne va pas. Je vais aller regarder la télé Erika et pendant que je le fais, c'est ce que tu vas faire pour moi. Tu iras dans ma salle de bain et une pince à épiler du tiroir du haut de la vanité. Ensuite, tu prendras une serviette et tu viendras dans le salon. Pendant que je regarde la télé, tu poseras la serviette sur la table basse puis tu t'assiéras dessus et arrachez-vous le pubis jusqu'à ce qu'il n'en reste plus un."

"Oui Maîtresse," répondis-je. « Dois-je d'abord ranger mes affaires Maîtresse ?

« Tourne-toi », fut sa réponse. Je me suis détourné d'elle et avant que je puisse continuer à me retourner pour lui faire face, j'ai senti une gifle piquante sur mes fesses .

"Je ne t'ai pas demandé de réfléchir ou de proposer des suggestions Erika."

"Désolé Maîtresse." Je me dirigeai vers la salle de bain tandis que Sandra s'éloignait de moi. C'était plus intense que ce à quoi je m'attendais, j'ai réalisé et je me suis demandé combien de temps il me faudrait avant de craquer et de me retirer. J'ai trouvé la pince à épiler et je suis retournée dans le salon où Sandra était assise devant la télé. J'ai posé la serviette sur la table basse pour pouvoir voir la télé, puis j'ai écarté les jambes pour m'inspecter.

"Non, tu ne fais pas face à la télé Erika, tu me fais face pour que je puisse te regarder arracher chaque petit poil de ta chatte." J'ai soupiré intérieurement et me suis tourné pour que ma chatte soit exposée à Sandra et j'ai commencé le processus long et ardu d'en retirer les poils, un à la fois.

J'y étais depuis environ une demi-heure quand j'ai commencé à ressentir l'envie d'uriner. Je n'ai rien dit au début et quand Sandra a quitté la chambre pour aller faire quelque chose, je suis allé dans la salle de bain sans y penser. Je revins voir Sandra debout et m'attendant.

"Où diable avez-vous été?" elle me demanda.

« Aux toilettes Maîtresse, j'avais besoin de faire pipi », dis-je, surpris.

"Je ne me souviens pas de t'avoir donné
la permission de faire ça, n'est-ce pas ?"
elle a demandé.

"Non Maîtresse, je suis vraiment désolé
Maîtresse," répondis-je.

"Désolé de ne pas le couper esclave.
Viens là-bas sur la table basse sur tes
mains et tes genoux." J'ai fait ce qu'on
m'a dit, m'agenouillant comme un chien
sur la table. "Écartez vos jambes plus
largement", a-t-elle dit. J'ai écarté mes
genoux jusqu'à ce qu'ils soient près des
bords de la table. Je pouvais sentir l'air
frais de la pièce sur mon anus et ma
chatte exposés.

Zas ! J'ai senti la claque piquante de la
main de Sandra sur ma fesse . Zas ! Et de
l'autre aussi.

"Tu sais à quoi ça sert ?" Quelqu'un m'a demandé.

"Pour ne pas avoir demandé la permission Maîtresse," répondis-je docilement

"C'est vrai. Et quand tu seras puni, tu remercieras ta Maîtresse parce qu'elle t'aide à être une véritable esclave. Tu comprends ?"

"Oui Maîtresse," répondis-je. Zas ! Sa main a giflé les lèvres de ma chatte et je me suis mordu la lèvre plutôt que de crier. L'instinct me disait que cela ne ferait que créer plus d'ennuis.

"Merci Maîtresse ," dis-je. Elle m'a encore giflé la chatte, puis encore trois fois, puis encore plus sur mon cul . A chaque fois je la remerciais de l'avoir giflé.

"Ok, continuez maintenant, je n'aime pas les cheveux sur ma propriété", m'a-t-elle dit. Je m'assis sur la serviette, mes fesses rougies par la fessée. J'ai regardé les lèvres de ma chatte. Ils étaient rouges d'avoir été touchés. Mais j'ai également été surpris de constater qu'il y avait une petite perle d'humidité entre mes lèvres. Il y avait quelque chose dans la façon dont j'étais traité qui commençait à m'exciter.

Finalement, j'ai réussi à arracher les derniers poils de ma chatte. On m'a ordonné de m'allonger, d'écarter les jambes et de tirer mes genoux vers moi afin d'être complètement exposé. Sandra s'avança et s'agenouilla entre eux. Elle a inspecté ma chatte de près, mais elle ne l'a pas touchée. J'étais tellement excitée! L'avoir si près, assez près que si elle se léchait les lèvres , elle toucherait probablement ma chatte, mais ne pas me toucher tout de même me rendait fou. Je

voulais qu'elle me lèche. Désespérément.
Je ne pensais pas pouvoir demander.

Après quelques minutes de cela, Sandra
m'a léché avec un bon long coup de
langue de la base de ma fente vers le
haut. Mais c'était tout. Je pouvais sentir
mon jus prêt à suinter de ma chatte et
comme j'étais autorisé à m'asseoir, je me
suis touché, mon doigt se détendant très
légèrement entre mes lèvres.

"Je vois que tu ne comprends pas
vraiment Erika", m'a dit Sandra quand
elle m'a vu faire ça. "Tu ne fais RIEN,
sans ma permission. Tu ne vas pas aux
toilettes et tu ne te masturbes pas. Viens
ici, je pense que je dois renforcer la
leçon."

Je pensais que j'étais sur le point d'être
fessée à nouveau. Et malgré le fait que ça
avait un peu fait mal, je me suis retrouvé
à l'attendre avec impatience. Mais

Sandra m'a conduit à une chaise en bois.
Il avait un dossier en bois à lattes et un
siège en bois massif. Il y avait une petite
dépression en forme de crosse moulée
dans le siège et je me suis assis là
comme on me l'avait demandé.

"Donne-moi tes mains," dit Sandra
derrière moi. Je les ai mis derrière moi et
ils ont été saisis et rapidement attachés
à la chaise. Sandra est alors venue
devant moi et a également attaché mes
chevilles à la chaise. Puis elle a poussé la
chaise (avec moi dessus bien sûr)
jusqu'à l'endroit où je serais assise et la
regarderais. Puis Sandra est allée à la
cuisine et est revenue avec un grand
verre d'eau.

« Buvez cette Erika », m'a-t-elle dit. Elle
a mis le verre à mes lèvres et j'en ai bu
environ la moitié sans respirer. Puis elle
le souleva et le versa dans ma bouche. Je
ne m'y attendais pas et il y avait plus que
je ne pouvais en supporter. Il a débordé

de mes lèvres et a coulé le long de mon cou et de mes seins et sur le siège. J'étais assis dans une flaque d'eau très peu profonde. Je pouvais sentir l'eau froide sur mon anus et les lèvres de ma chatte. Cependant, je ne pouvais pas faire grand-chose pour le déplacer.

Sandra m'a laissé seul et j'ai été abandonné pour m'asseoir et la regarder regarder la télévision. Chaque fois qu'une publicité passait, elle remplissait le verre et me faisait boire. Cela a duré deux heures.

Encore une fois , j'ai ressenti le besoin de faire pipi. Je devenais désespéré. J'avais perdu la trace de la quantité d'eau que j'avais bue, mais ma vessie était prête à exploser ! Je me tortillais sur mon siège, mais aucune position ne m'aidait.

"Avez-vous besoin de faire pipi esclave?"
Sandra m'a demandé quand elle m'a vu
faire ça.

"Oui Maîtresse," répondis-je, soulagé
que j'allais pouvoir aller aux toilettes.

"Alors tu as ma permission de faire pipi,"
répondit-elle.

"Euh, pouvez-vous me détacher pour
que je puisse faire pipi Maîtresse?" J'ai
demandé.

"Vous n'avez pas besoin d'être un
esclave délié, juste de faire pipi", a
déclaré Sandra.

"Ici?" demandai-je, confus.

Sandra s'est approchée et a pris mon mamelon gauche entre son pouce et son index. Elle a tiré fort. "Faites attention. Pipi," dit-elle en lui donnant une autre bouffée. J'ai essayé de me détendre. Ce n'était pas facile. Sandra se tenait juste devant moi. Je n'avais pas l'habitude que quelqu'un me regarde faire ça. Je n'avais pas non plus l'habitude d'être attaché.

Je pouvais le sentir venir, ce rush initial, le flux vers mes lèvres depuis ma vessie.

"Ne me fais pas perdre mon temps, esclave, pipi", m'a dit Sandra. Et puis je l'ai senti. Mon pipi jaillit d'entre mes lèvres comme une inondation brisant une digue. Il a giclé sur la chaise puis est reparti par-dessus le bord, se mélangeant à l'eau qui s'était accumulée autour de moi.

Sandra s'est agenouillée devant moi et pendant que je regardais avec étonnement, elle s'est penchée en avant pour que le jet de mon pipi éclabousse tout son chemisier.

" Oh bonne fille," me dit-elle et je me sentis ravie d'être complimentée. J'ai regardé mon pipi tremper dans le chemisier de Sandra jusqu'à ce qu'il n'y ait plus rien à uriner. Elle tendit la main et passa son doigt dans le pipi qui s'était accumulé autour de mes fesses et de ma chatte, puis le souleva jusqu'à mon mamelon, l'essuyant. C'était une touche humide et électrique qui envoya un frisson dans mon corps. Puis elle s'est levée et m'a laissé là. Je ne savais pas quoi faire. Je suis resté assis dans une mare peu profonde de ma propre pisse.

Sandra est revenue. Elle portait à nouveau le verre d'eau. Elle me l'a fait boire. Puis elle attrapa mes cheveux et tira mon visage vers sa poitrine.

"Suce mon esclave aux seins", me dit-elle. Elle a poussé son sein vers mon visage et j'ai ouvert la bouche et j'ai sucé son sein, vêtu comme il l'était de son chemisier qui était trempé de mon pipi.

"Tu sais, je commence à t'apprécier comme esclave. Si tu es très bon, je pourrais même te laisser me faire jouir plus tard." Elle enleva son chemisier puis son soutien-gorge. J'ai presque littéralement bavé quand j'ai vu ses seins. Ils étaient géniaux. Elle a laissé tomber ses vêtements dans la flaque de pisse et d'eau, puis elle s'est juste assise et a regardé la télévision, me laissant toujours assis dans une flaque de refroidissement rapide que je pouvais sentir sur mes lèvres nues et mon petit anus plissé.

J'ai dû rester assis là encore une demi-heure, me demandant si j'allais rester ici toute la nuit.

"Il est temps pour moi d'aller au lit", m'a annoncé Sandra, debout devant moi avec ses seins merveilleusement gros exposés, me taquinant. "Je vais te détacher maintenant Erika et je veux que tu suives mes instructions. Je vais me préparer pour aller au lit. Pendant que je fais ça, tu vas nettoyer ce gâchis. Ensuite, tu vas entrer dans ma chambre et me lécher jusqu'à ce que Je jouis. Comprenez-vous?"

"Oui Maîtresse," répondis-je. Sandra s'est déplacée derrière moi et m'a détaché. Je me suis frotté les poignets alors que Sandra s'éloignait, puis je me suis mis à nettoyer le désordre sur le sol, la chaise et le chemisier de Sandra. J'ai entendu la douche et j'ai brièvement considéré que ce serait une excellente occasion de me faire plaisir, mais j'ai été prudent. Connaissant ma chance, je serais attrapé et puni à nouveau. Et qui sait ce que Sandra proposerait ensuite.

J'ai emménagé dans la chambre à temps
pour la voir sortir de la salle de bain,
nue. Elle était si sexy. Sandra s'allongea
sur le lit et écarta les jambes. "Mange-
moi esclave," me dit-elle.

J'ai rampé entre ses jambes, regardant sa
chatte soyeuse et sans poils. Ses lèvres
étaient déjà engorgées, manifestement
prêtes pour un peu d'amour, son clitoris
dressé et pointant entre ses lèvres. J'ai
utilisé mes doigts pour écarter ses
lèvres, puis j'ai passé ma langue dans sa
fente, poussant à l'intérieur, puis de haut
en bas sur son clitoris.

"Oh oui," marmonna-t-elle avant de
m'encourager et d'exiger que je
continue. Ma langue a travaillé encore et
encore et sur sa chatte, d'avant en
arrière et d'avant en arrière. Je pouvais
sentir mon propre jus suinter d'entre
mes lèvres tellement j'étais excité. Je

voulais tellement de l'attention , mais je me concentrais sur le plaisir de ma maîtresse. Elle avait un goût merveilleux.

J'ai entendu sa respiration se raccourcir, entrer dans un pantalon et haleter, puis ma tête a été coincée entre ses cuisses alors qu'elle jouissait, crachant un jet de liquide sur mon visage ! J'ai léché et bu et Sandra a crié, se convulsant de plaisir.

"Bonne fille Erika", a-t-elle dit quand elle s'est arrêtée et j'ai été surpris de voir à quel point j'étais heureux de recevoir de tels éloges. Sandra regarda la tache humide qui s'étalait sur son drap et sourit.

"Je pense que j'aurai besoin d'un esclave vierge." Elle m'a dit où le trouver et je suis allé lui en chercher un. Après l'avoir mis sur le lit (Sandra me regardait tout le temps), j'ai demandé ce qu'elle voulait que je fasse avec le mouillé.

« Oh, tu vas dormir sur cette chérie. Au pied de mon lit », m'a-t-on informé. Sandra m'a fait allonger au pied de son lit et m'a attaché une cheville au montant du lit pour que je ne puisse pas m'éloigner beaucoup d'elle. Elle m'a dit d'écarter mes jambes pour qu'elle puisse avoir un autre regard sur ma chatte. Elle passa un doigt dans ma fente et mon dos se cambra, essayant de maintenir le contact le plus longtemps possible. Son doigt a été enfoncé en moi et j'ai crié et le plaisir que j'ai enfin pu ressentir après une journée de privation. Il a été retiré et j'ai regardé Sandra le sucer pour le nettoyer.

"Bonne nuit esclave." Elle sauta sur le lit. « Et au cas où tu te poserais la question, si tu as besoin de faire pipi, tu le fais là-bas à moins que je ne te détache le matin. Et avec ça, je n'ai rien entendu d'autre d'elle.

J'ai mis pas mal de temps à m'endormir, mais j'ai finalement réussi.

Quand je me suis réveillé, c'était pour trouver Sandra debout devant moi, nue. C'était la plus belle vue sur ses longues longues jambes, au-delà de sa fente chauve, jusqu'à la courbe du dessous de ses seins, sa tête penchée vers l'avant de sorte que je regardais en face. Je me suis étiré et j'ai constaté que j'avais déjà été détaché.

"Ceci est pour toi," me dit-elle et me laissa tomber une culotte en coton bleu en souriant.

" Oh merci Maîtresse," dis-je, sincèrement ravie. Elle me regarda les enfiler puis me fit me tenir debout devant elle.

"Maîtresse, puis-je utiliser les toilettes s'il vous plaît?" lui ai-je demandé un peu nerveusement.

« Non. Agenouillez-vous », me dit-elle. Je me suis agenouillé devant elle. "Quand tu es prête à partir, fais pipi dans la culotte, esclave. Je veux te voir la mouiller." Elle s'assit en tailleur devant moi et attendit. Il ne fallut pas longtemps jusqu'à ce que je ne puisse plus le tenir, venant juste de me réveiller. J'ai senti ce picotement et cette précipitation, puis la culotte se mouillait, ma pisse imbibait le tissu puis coulait le long de ma jambe. Je les écartai légèrement et il tomba sur le drap sur lequel j'avais dormi.

"J'aime te regarder faire pipi, esclave," dit Sandra. "Maintenant tu peux me regarder." Elle se tenait devant moi et se pencha légèrement en arrière, écartant ses lèvres avec ses doigts. J'avais à peine réalisé ce qu'elle faisait qu'un jet aigu de pisse chaude jaillit d'elle comme une source, me frappant sur la poitrine, coulant sur mes mamelons et mon ventre et descendant jusqu'à ma chatte. Je sentis son pipi chaud sur mes lèvres chauves.

« Oh tu deviens une esclave merveilleuse, tu n'as même pas bronché », me dit Sandra en souriant. Elle me tendit les mains et je mis les miennes dans les siennes. Elle m'a soulevé sur mes pieds et m'a tiré contre elle, mon corps mouillé de sa pisse pressée contre la sienne. Mon visage était juste au-dessus du niveau de ses mamelons et je me sentais écrasé contre ses seins incroyables. Je voulais tellement sucer son gros mamelon.

"Viens prendre une douche avec moi Erika," dit Sandra. Nous sommes allés dans la salle de bain et bientôt je me suis retrouvé dans l'alcôve avec elle, portant notamment toujours la paire de culottes. Sandra m'a fait la laver soigneusement, en faisant attention à son anus et en insistant pour que je glisse mon doigt dans son trou serré. Puis elle m'a pris le savon et a commencé à laver mon corps.

Je n'avais jamais eu envie de toucher une femme comme je l'avais fait quand elle avait commencé à faire courir ses mains sur mes petits seins. Elle effleura et pinça et taquina mes mamelons et je gémis à chaque contact.

Sandra a déplacé le jet d'eau pour qu'il me manque, puis sa main était descendue à l'intérieur de la culotte, savonnant mes fesses. J'ai senti son doigt pousser sur mon anus et j'ai repoussé, le sentant glisser un peu à l'intérieur.

"Ça doit te tuer Erika, je parie que tout
ce que tu veux maintenant c'est jouir,"

"Oh oui, Maîtresse," réussis-je avec un
tremblement dans la voix. Je l'ai vue
prendre un rasoir et le tourner dans sa
main. Elle a commencé à répandre du
savon sur tout le manche et j'ai senti la
culotte descendre le long de mes jambes.
Elle m'a tourné pour faire face au mur et
m'a fait placer mes mains devant moi,
écartant mes jambes. Puis la pointe du
manche du rasoir a été enfoncée dans
mon anus. J'ai gémi et j'ai poussé plus
fort.

Sandra ne s'est pas arrêtée tant que
toute la main n'était pas enfoncée dans
mon cul , seule l'extrémité évasée où le
rasoir serait normalement monté
l'empêchant de le glisser plus loin. Elle
l'a tordu à l'intérieur de moi, la courbe
de la poignée tournant dans mes fesses.
C'était presque suffisant pour me

conduire à l'orgasme. Presque, mais pas tout à fait.

Ensuite, il a été retiré, mes fesses ont été lavées et la culotte a été remise en place. Encore une fois, ma chatte avait été abandonnée. Nous étions sortis de la douche et Sandra s'est séchée. On ne m'a pas donné de serviette.

Sandra m'a ensuite conduit à la chambre en me disant qu'elle avait des choses à régler. Alors que j'étais allongé sur son lit et ligoté, elle m'a dit qu'elle avait une bonne idée à quel point j'étais excitée et qu'elle ne me faisait pas confiance pour ne pas avoir d'orgasme pendant son absence. J'étais donc attaché avec de la place pour bouger, juste pas assez pour atteindre l'un des nœuds ou ma chatte. Le mieux que je pouvais faire était de mettre une main sur mon mamelon.

Ensuite, j'étais seul.

C'est des heures plus tard que j'ai été
réveillé par le bruit de voix entrant dans
la chambre..

DEUXIÈME PARTIE

La sonnette sonna.

"Va voir qui est à la porte Erika," j'ai entendu Sandra crier. Je suis allé à la porte, inquiet. Après tout, je n'avais le droit de porter qu'une paire de culottes dans la maison, donc quiconque était là était sur le point de voir mes petits seins et mes mamelons dressés.

Provisoirement, j'ai regardé par le judas pour voir un homme qui se tenait là.

Il était difficile de dire à quoi il ressemblait vraiment à travers cette vue déformée, mais il était vêtu d'un costume.

« Génial, pensai-je, je suis sur le point de donner à un vendeur le plus grand frisson de son année ! J'ouvris la porte et l'ouvris suffisamment pour pouvoir jeter un coup d'œil autour d'elle.

"Oui?" J'ai demandé.

« Est-ce que Sandra est là ? » me demanda-t-il, ses yeux se déplaçant de mon visage vers mon cou et mes clavicules. Il lécha ses lèvres. Je pense qu'il savait que je n'étais pas correctement habillé derrière la porte.

« Qui puis-je dire appelle ? »

« Dan. »

"Attendez ici un instant s'il vous plaît," lui dis-je et fermai la porte. Je suis allé à la recherche de Sandra et je l'ai trouvée sortant des toilettes.

"Il y a un Dan ici pour te voir Sandra,"
l'informai-je.

"Oh, comme c'est beau," s'exclama-t-elle.
"S'il vous plaît, allez le laisser entrer,
puis amenez-le dans le salon."

Je retournai à la porte et l'ouvris, assez
grande cette fois pour que Dan puisse
entrer. Je sentis ses yeux parcourir mon
corps de haut en bas et me sentis réagir
à la franche appréciation. Rien n'a été
dit, mais Dan est entré dans le hall pour
que je puisse fermer la porte.

"Suivez-moi s'il vous plaît," lui dis-je et
je partis en direction du salon. Un coup
d'œil par-dessus mon épaule m'assura
qu'il me suivait, et m'apprit également
que ses yeux étaient, à ce moment-là,
collés à ma culotte vêtue de fesses.

J'emmène Dan dans le salon où Sandra était assise sur le canapé. Elle se leva lorsque Dan arriva et s'avança pour le serrer dans ses bras.

"Salut Dan, c'est si bon de te voir !" dit-elle.

« De même Sandra. J'étais en ville pour affaires et j'ai dû passer.

"Aimeriez-vous prendre un verre?"

"Scotch?" demanda Dan.

"Bien sûr. Erika, s'il te plaît, donne un scotch à Dan. Sur glace, oui ?" dit-elle, confirmant avec Dan. Il a hoché la tête et je suis parti vers le cabinet d'alcool de l'autre côté de la table basse d'où lui et Sandra s'étaient maintenant assis sur le canapé. "Et obtenez-en un pour moi aussi," ajouta-t-elle.

Je me penchai, gardant mes genoux droits alors que je récupérais la bouteille dans le placard, en veillant à garder ma chatte vêtue de culotte droite vers Sandra comme on me l'avait dit lorsque je récupérais des choses de bas en bas. Sandra aimait mes jambes et n'était pas du genre à me faire perdre une occasion de les admirer.

J'ai passé un verre à Dan, puis j'ai donné le sien à Sandra avant qu'elle ne dise : « Merci Erika, tu peux t'asseoir sur ce coussin. Elle indiqua un coussin dans le coin du salon et j'allai m'asseoir, les jambes croisées, conscient du fait que Dan laissait son regard se poser sur mes seins de temps en temps pendant qu'ils parlaient.

Ils avaient bavardé pendant environ une demi-heure et j'avais réapprovisionné leurs verres à plusieurs reprises lorsque Sandra a dit à Dan après qu'il m'ait jeté un autre coup d'œil : « Tu aimes mon nouveau jouet alors ? »

"Très bien, elle est extrêmement mignonne, Sandra, tu t'es très bien débrouillée."

"Oui, elle a appris assez vite aussi", a déclaré Sandra et j'ai senti une lueur chaleureuse à l'éloge.

"Il y a quelque chose à propos de ces petits seins qui ne cesse d'attirer mon attention", a déclaré Dan. "Je ne peux pas vraiment mettre le doigt dessus, parce que je suis généralement plus attiré par une belle fille plantureuse comme vous, mais il y a quelque chose chez elle ..."

"Je sais ce que tu veux dire," répondit Sandra, "j'étais la même au début. Maintenant, je le prends pour acquis. Après tout, elle répond toujours à une bonne traction sur les mamelons."

"Ça te dérange si j'essaie ?"

"Bien sûr que non. Erika, viens ici s'il te plaît." Je me suis levé et j'ai marché jusqu'à l'endroit où ils étaient tous les deux assis. "Agenouillez-vous ici." Je me suis agenouillé devant eux. Dan tendit la main et passa une main sur mon sein avant de prendre mon mamelon gauche entre son pouce et son index. Il a tiré et tordu et j'ai senti une douleur aiguë me traverser la poitrine. Je gémis, incapable de m'en empêcher.

Sandra tendit la main et tira sur mon mamelon droit en même temps et je gémis à nouveau.

"Ce sont de jolis petits mamelons, n'est-ce pas ?" dit-elle à Dan qui était d'accord avec elle. Les deux ont continué à jouer avec mes mamelons pendant un moment puis, tout à coup (du moins il me semblait) se sont arrêtés et ont repris leur conversation. Je me suis simplement agenouillé là, n'ayant reçu aucune instruction de faire quoi que ce soit d'autre.

Ensuite, on m'a demandé d'aller chercher plus de boissons et je l'ai fait. Après les avoir livrés, j'ai hésité, ne sachant pas où je devais retourner, m'agenouillant devant eux ou dans le coin. Sandra a dû le remarquer et m'a demandé de m'agenouiller devant eux à nouveau.

"Mais enlève cette culotte, je veux que Dan voie ta chatte épilée..." ajouta-t-elle quand j'étais à mi-chemin du sol. Je me suis relevé et j'ai tiré ma culotte le long de mes jambes, révélant mon monticule lisse et chauve. Dan s'assit et m'admira, son regard fixé sur ma chatte.

"Eh bien, elle a certainement une belle chatte, avez-vous dit qu'elle était épilée?" dit Dan, ajustant d'une main l'entrejambe de son pantalon.

« Oui, vous savez à quel point je n'aime pas les cheveux et le rasage du chaume est un problème, alors je l'ai obligée à s'asseoir et à s'épiler, un poil à la fois. C'était très agréable et je pense que sa chatte a l'air beaucoup mieux pour ça. .

"Je parie que c'est beau et serré."

"Je ne sais pas encore, je ne lui ai pas permis de faire quoi que ce soit à sa chatte et moi non plus depuis qu'elle est arrivée ici. Elle doit gagner le droit d'être

baisée correctement dans cette maison."
cependant », a ajouté Sandra en
ramassant ma culotte jetée et en
montrant à Dan la trace humide sur
l'entrejambe.

Le fait qu'ils parlent de moi comme si je
n'étais pas là commençait à m'exciter. Le
fait d'être traité comme un objet m'avait
d'abord démoralisé, mais maintenant il
me disait : « C'est ton rôle et tu es
apprécié. Profite-en et savoure-le. Cela
excitait évidemment Dan aussi, car il
avait une érection évidente dans son
pantalon.

« Pourquoi Dan, y a-t-il quelque chose
pour lequel tu as besoin d'aide ? » lui
demanda Sandra alors qu'il tentait de
s'adapter. Elle tendit la main et caressa
sa bite à travers son pantalon.

« J'apprécierais de l'aide.

"Tu ferais mieux de te lever alors," lui dit-elle. Dan s'est levé et Sandra m'a dit de défaire son pantalon et de sortir sa bite, mais de ne pas y toucher. J'ai défait sa ceinture, puis le bouton et la braguette de son jean qui a glissé jusqu'au sol. Il avait des jambes incroyables et devait être cycliste car elles étaient dépourvues de poils. Sa bite s'est poussée contre son boxer, que j'ai retiré, en prenant soin de les manœuvrer sans piéger ni toucher sa queue. C'était long et épais et très impressionnant. Je voulais tendre la main et la tenir, mais je savais que cela signifierait plus de problèmes que je ne pouvais l'imaginer.

Dan s'est assis sur le canapé et Sandra s'est penchée et a commencé à lécher le long de la bite de Dan. J'ai regardé sa langue danser doucement le long des veines et s'enrouler autour de la tête. Dan gémit.

"Tu peux jouer avec ses seins Dan et tu peux toucher son monticule, mais ne touche pas ou ne pénètre pas ses lèvres", lui a dit Sandra avant de prendre sa bite bien dans sa bouche. Elle le fit glisser doucement de haut en bas sur sa longueur.

Dan tendit la main et m'attira plus près de lui par mon mamelon droit. Les doigts de son autre main dansaient sur la peau lisse de mon monticule, dangereusement près de mes lèvres, mais sans jamais les toucher. Puis il a de nouveau tiré sur mes mamelons. Dur. Ça faisait mal, il a tiré si fort que j'étais sûr qu'il les blessait, mais je n'ai pas crié, je suis juste resté là et j'ai pris la douleur, en me concentrant sur Sandra avec une bite glissant dans et hors de sa bouche.

Elle s'arrêta et retira son haut par-dessus sa tête avant de relâcher son soutien-gorge, ses énormes seins se déversant délicieusement librement. Elle attrapa la bite de Dan et la positionna entre ses seins, utilisant ses mains pour la coincer entre ses mammaires . Puis elle a fait couler de la salive de sa bouche sur le dessus de sa queue et a commencé à faire glisser ses seins de haut en bas sur sa queue, de chaque côté.

Dan a cessé de me prêter attention et a regardé Sandra lui baiser la bite avec ses seins. Puis elle a commencé à remonter son corps avec sa langue jusqu'à ce qu'elle soit allongée sur lui avec ses seins écrasés contre sa poitrine et ses jambes écartées de chaque côté de lui. Dan tira sur sa jupe jusqu'à ce qu'elle soit retroussée autour de sa taille. Puis il a attrapé ses collants et les a déchirés. Sandra ne portait pas de culotte sous son tuyau.

Sandra s'est penchée en avant et Dan a attrapé sa bite, la pointant vers sa chatte.

Elle repoussa et glissa le long de sa perche, l'enfonçant en elle. Je me tenais à côté d'eux pendant que Sandra montait et descendait sur sa bite raide, attendant et se demandant ce que j'allais faire. Sandra a dû lire dans mes pensées.

"Viens ici," me dit-elle et dès que je fus assez près, elle prit un mamelon dans sa bouche, le suçant avidement tout en rebondissant. Puis Dan repoussa Sandra jusqu'à ce qu'ils aient changé de position et il se tenait au-dessus d'elle, enfonçant sa bite en elle dans une position de missionnaire, ses couilles claquant contre elle à chaque poussée vers l'intérieur.

Je l'ai entendu grogner et je l'ai vu se tenir à l'intérieur, projetant évidemment son sperme au fond d'elle, avant de sortir sa queue.

"Merci Sandra, c'était aussi merveilleux que jamais," lui dit-il.

"Nettoie-le Erika, utilise ta bouche," dit Sandra en me regardant. Je me suis agenouillé et Dan s'est assis avec ses jambes écartées sur le canapé, sa bite pas entièrement dépensée, luisante de leurs jus combinés. J'ai utilisé ma bouche, suçant et léchant sa bite, le nettoyant de leur plaisir. Pendant que je le faisais, il se leva à nouveau dans un état complètement érigé et je me délectai d'avoir une si grosse bite à sucer.

"Arrête Erika, il est propre. Tu dois me nettoyer maintenant. Et cette fois tu ne t'arrêtes pas jusqu'à ce que je jouisse." Sandra me l'a dit. Je me suis déplacé entre ses jambes et elle a glissé vers l'avant jusqu'à ce que ses fesses pendent sur le bord, les jambes écartées pour moi.

J'ai admiré sa chatte et j'ai appliqué ma langue doucement sur ses lèvres, léchant et nettoyant. Puis j'ai vu du sperme couler entre ses lèvres et descendre vers son anus. Je l'ai chassé avec ma langue, devant lécher tout autour et sur son trou plissé afin de répondre aux exigences de la tâche qui m'avait été confiée. Sandra gémit bruyamment lorsque ma langue dansa sur son anus.

J'ai sondé entre ses lèvres, léchant, suçant, nettoyant le sperme d'elle puis remonté vers son clitoris. J'ai passé ma langue sur le dessus, puis je l'ai redescendue avant de l'encercler encore et encore. Je pouvais voir Dan caresser sa bite du coin de l'œil alors qu'il me regardait jouer avec ma maîtresse.

Je me suis installé dans un rythme et j'ai été récompensé quand j'ai entendu

Sandra crier et son corps se contracter avec son orgasme.

Quand elle eut récupéré, elle m'a dit que je pouvais retourner dans le coin maintenant. J'étais parfaitement conscient de la façon dont ma chatte était mouillée alors que je traversais la pièce. Dan et Sandra se sont assis et ont bavardé un peu plus, ni l'un ni l'autre ne voyant la peine de s'inquiéter de restaurer leurs vêtements.

"Elle est certainement un jeune jouet charmant", a déclaré Dan à un moment donné. « Une chance que je puisse jouir dans sa bouche ?

"J'ai une autre idée. Elle a été très bonne et mérite une récompense. Pas si bonne, attention," ajouta Sandra quand elle vit ses yeux s'illuminer. "Viens avec moi Erika," dit-elle. J'ai suivi Sandra dans la chambre où elle attendait avec un bout de corde. Elle m'a fait tenir mes bras à mes côtés et a attaché la corde autour de moi à hauteur de coude afin que je puisse bouger mes bras inférieurs, mais pas mes bras supérieurs. Il était assez long pour qu'elle puisse l'enrouler encore et encore sur ma poitrine, liant complètement mes bras, laissant suffisamment de longueur pour qu'elle puisse me guider.

Et elle l'a fait, de retour dans le salon où Dan attendait, plusieurs autres longueurs de corde drapées sur son autre bras.

"Ça a l'air prometteur," dit Dan en nous regardant approcher.

"Agenouillez-vous Erika", m'a dit Sandra. Je me suis agenouillé et j'ai senti Sandra passer une autre longueur de corde autour de l'arrière de mes jambes. "Maintenant, asseyez-vous sur vos talons, puis penchez-vous en avant pour poser votre tête sur le sol afin que vos genoux soient contre votre poitrine." Je l'ai fait. La longueur de corde qui était maintenant coincée derrière mes genoux par mes jambes repliées a été ramenée sur la nuque, puis attachée devant. Sandra m'ajuste légèrement.

Au final j'avais les avant-bras et le bas des jambes au sol, pliés pour ne pas pouvoir bouger, les fesses pointées derrière moi. Ce n'était pas confortable et j'espérais que cela pourrait seulement signifier que Sandra allait laisser Dan me baiser et me donner un peu de liberté.

J'ai eu presque cette chance.

"Je garde ça pour moi", entendis-je Sandra dire derrière moi alors qu'un doigt courait très lentement sur la lèvre extérieure gauche de ma chatte. Je frissonnai au toucher. "Mais je pense qu'il est temps que ce jouet soit un peu utilisé . Après tout, les jouets doivent être joués avec, pas laissés sur l'étagère dans leur emballage. Et donc je vais te laisser la baiser Dan, ici même."

Je sentis son doigt reposer légèrement au centre de mon anus.

"Maintenant, il y a un cadeau que je serai heureux d'accepter", a répondu Dan.

"Laisse-moi juste la préparer pour toi," dit Sandra. Elle quitta la pièce et revint. La première chose que je sentis fut sa langue, léchant légèrement autour de mon anus. C'était sauvage. Je voulais répondre, mais j'étais trop lié pour le faire. Puis j'ai senti quelque chose de frais courir sur mes fesses.

Sandra a commencé à le frotter dans mon anus. Ça doit être du lubrifiant, me suis-je dit. Elle a poussé mon anus sans pénétrer, passant son doigt ou son pouce d'avant en arrière à travers l'entrée pendant un moment jusqu'au point où elle a transpercé son doigt en moi. Je haletai alors qu'elle le glissait fermement au-delà de la résistance de l'anneau de mon muscle.

Elle l'a glissé plusieurs fois avant d'appliquer plus de lubrifiant et d'enfoncer un deuxième doigt avec le premier. J'ai haleté.

"Ok Dan, tu penses que tu peux te débrouiller ?" demanda-t-elle en riant.

" Oh, je suis sûr que je peux," répondit-il. Je sentis la tête de son gros sexe reposer contre mon anus. La pression augmenta lentement jusqu'à ce que je puisse le sentir se détendre en moi. Je me mordis la lèvre pour étouffer tout bruit que je pourrais faire alors que lentement mais fermement, il se frayait un chemin en moi. Je ne pouvais pas croire à quel point c'était gros. Je voulais avoir le temps de m'adapter, de me préparer pour ce qui allait arriver, mais je n'en avais pas le droit. Il a poussé à l'intérieur sans relâche et je n'avais pas d'autre choix que de le laisser faire. Et puis il s'est arrêté. Il a tenu sa bite si loin en moi que j'ai pensé qu'il devait être prêt à me pousser les amygdales. Et puis il a reculé. C'était incroyable.

Il a encore poussé ; glissant à l'intérieur et j'ai senti Sandra verser du lubrifiant sur nous alors que nous fusionnions à nouveau. Il dégoulinait de sa queue et de mon anus jusqu'à ma chatte et j'avais envie de le toucher. Dan a commencé à baiser mon cul maintenant et au fur et à mesure que je m'ajustais , j'ai vraiment apprécié, me balançant très légèrement pour encourager son invasion de mes fesses.

Je voulais que mon clitoris soit touché.
J'étais en feu. Je savais qu'il suffirait de la
moindre touche pour me faire jouir
comme je ne l'avais jamais fait
auparavant, mais je ne pouvais rien faire
pour y parvenir. Et puis Dan est venu,
inondant mes fesses de sa semence.

"Merci beaucoup Sandra," offrit-il avant
de se diriger vers la salle de bain.

"" Laisse-moi te nettoyer, Erika ", a
déclaré Sandra en son absence. J'ai senti
sa langue lécher la fente de ma chatte
jusqu'à mon anus où elle a léché et
aspiré jusqu'à ce qu'il n'y ait plus de
sperme.

"Eh bien, Sandra, je dois y aller," dit Dan
en revenant de la salle de bain. "Merci
pour cette visite si agréable."

"N'importe quand Dan, content que tu sois passé," répondit-elle. Elle le raccompagna jusqu'à la porte. Elle m'a fait rouler sur le côté, toujours attachée, puis s'est assise pour regarder la télévision.

Je me suis allongé sur le sol, à peine capable de voir la télé, face à Sandra. Je ne pouvais pas tourner la tête assez loin pour la voir réellement . C'était inévitable que cela se produise et malgré mon espoir du contraire, j'avais besoin de faire pipi.

"S'il vous plaît, maîtresse, je dois aller aux toilettes," dis-je, ne m'attendant pas à être autorisée, mais devant demander juste au cas où.

"Eh bien, je regarde la télé et je n'ai pas le temps de vous détacher, alors vous pouvez soit tenir jusqu'à la fin de l'émission, soit simplement vous soulager. J'ai essayé de tenir, mais en vain, finalement, avant la fin du spectacle, je n'avais pas d'autre choix que de laisser aller mon pipi.

Quand j'ai eu fini , j'étais allongé dans ma pisse sur le sol et j'ai été surpris quand j'ai senti que Sandra s'était avancée vers moi. J'ai senti sa main caresser ma hanche et glisser sur ma fesse pour toucher ma chatte trempée d'urine avec ses doigts. Elle les a passés d'avant en arrière le long de ma fente et bientôt l'humidité qui m'enduisait a changé. Un doigt a sondé mon anus et a lentement travaillé à l'intérieur, puis, à ma plus grande surprise, un autre s'est glissé dans ma chatte.

J'ai gémi, c'était le premier contact direct qu'elle avait avec ma chatte et j'ai soudain réalisé à quel point je l'avais désiré. Puis Sandra desserrait les cordes qui me liaient.

"Viens avec moi, il est temps que nous nous amusions plus." Jetant le dernier des cordons, je me levai lentement du sol, massant mon corps là où ils avaient été attachés. J'étais dans cette position depuis une bonne heure environ et j'ai un peu trébuché à mon premier pas. Sandra m'a conduit dans la salle de bain et a ouvert la douche.

Sandra a fait courir sa main de haut en bas sur le côté de mon corps qui était resté dans mon urine. Sa main humide prit mon sein en coupe puis elle baissa la tête vers mon mamelon et le suça. Puis elle ouvrit la porte moustiquaire de l'alcôve de la douche et entra, me faisant signe de la suivre.

"Agenouillez-vous là, Erika," dit-elle, indiquant le sol devant elle. Je m'agenouillai sur le sol, mon visage au niveau de sa chatte, les yeux levés vers le haut, émerveillé par le dessous de ses seins pendants. L' eau éclaboussait contre le dos de Sandra et je n'ai réussi qu'à capter occasionnellement le jet parasite pendant qu'elle se déplaçait.

Sandra porta ses mains à sa chatte et écarta ses lèvres devant moi, puis se pencha légèrement en arrière. Une partie de l'eau tombait maintenant en cascade sur ses épaules vers moi tandis que d'autres coulaient entre ses seins jusqu'à sa chatte. Pendant que je regardais, mes yeux examinant sa beauté et rangeant la vue, elle a commencé à faire pipi. Un jet de pisse chaude jaillit de sa chatte et me frappa au cou. Sandra se pencha à nouveau en avant, la regardant pisser sur mes seins.

"Ouvre ta bouche Erika, bois ma pisse." Je restai assis à la regarder, sans bouger. "Erika, ce n'était pas une demande, c'était un ordre. Bois ma pisse." Le flux s'était arrêté maintenant, Sandra se retenant manifestement pour un signe de ma volonté d'accéder à sa demande. Elle tendit la main et saisit mes cheveux, inclinant ma tête en arrière et enjambant moi pour que sa chatte soit à seulement un centimètre de ma bouche.

« Ne rends pas ça difficile, jouet. Évidemment tu n'es pas prêt pour le plaisir que j'allais te permettre d'avoir. Je sentis sa pisse toucher mes lèvres et les maintenir pressées l'une contre l'autre alors qu'elle coulait sur elles et descendait dans mon cou et ma poitrine. Quand elle eut fini, elle s'éloigna de moi puis sortit de la douche. Elle rentra et coupa l'eau.

Je n'ai pas bougé parce que je pouvais sentir que l'ambiance avait changé. Sandra se sécha lentement puis quitta la pièce. Quand elle revint, elle avait les longueurs de corde du salon. Ils étaient sensiblement humides. Sandra en a pris un et l'a passé autour de mon cou avant de me dire de la suivre. Ce n'était pas serré et j'ai également noté que ce n'était pas du tout un nœud coulant, cela semblait simplement redéfinir la relation entre nous. Maître et serviteur.

De retour dans la chambre, Sandra m'a dit de me mettre en position de levrette. J'ai fait ce qu'on m'avait dit et elle est allée dans son placard. Après avoir pêché à l'intérieur pendant un moment , elle est revenue avec un énorme gode noir et un tube de lubrifiant. Elle a rapidement commencé à lubrifier mon anus avec un certain nombre de doigts maintenant enfoncés en moi. Puis elle s'est déplacée devant moi et a fait couler du lubrifiant sur l'énorme morceau de caoutchouc qu'elle tenait, juste devant mes yeux. Je n'avais aucune idée de comment il était censé tenir dans mon trou de cul.

J'ai vite découvert que lentement mais fermement, elle l'a poussé contre mon trou plissé. Je pouvais me sentir m'étirer, plus large que cela ne m'avait jamais été fait auparavant. J'étais sûr qu'elle allait me déchirer l'anus, mais elle savait ce qu'elle faisait. Il lui a fallu 15 minutes pour être satisfaite de la quantité de ce monstre qu'elle avait dans mes fesses, puis elle s'est arrêtée. J'ai poussé un soupir de soulagement quand elle a cessé de le pousser plus profondément. J'étais sur mes mains et mes genoux et je pouvais le sentir recommencer à glisser alors qu'elle relâchait sa prise. Cela a été rapidement arrêté lorsque Sandra a noué une corde autour, puis autour d'une jambe, de l'autre et de mon cou également.

M'allongeant sur le côté, mes mains étaient liées au pied du lit et mes chevilles liées ensemble.

"Bonne nuit jouet," dit Sandra.

"Bonne nuit maîtresse," répondis-je calmement. Je n'ai pas vraiment dormi cette nuit-là. Je n'étais tout simplement pas assez à l'aise. Je m'assoupissais de temps en temps, mais c'était à peu près tout. Et quand j'avais besoin de faire pipi au milieu de la nuit, je n'essayais pas de faire autre chose que de faire pipi là où j'étais allongé.

Lorsque Sandra s'est réveillée, elle est allée directement à son placard et en a sorti un fouet en cuir. Elle m'a remis en position de levrette, puis a balancé le fouet contre mes fesses.

Zas!. Je tressaillis en sentant la piqûre du cuir.

"Je pense qu'après cela, vous pourriez vraiment comprendre mon besoin d'obéissance totale", a été la seule chose qu'elle m'a dite avant que le fouet ne me frappe le dos et le cul encore et encore.

Aucune peau n'était cassée, mais ça piquait et je savais qu'il y aurait beaucoup de marques rouges si je pouvais me voir dans le miroir.

Au bout d'un moment , je suis de nouveau parti et je n'ai pas bougé. Quand Sandra est revenue, elle avait une chaise. Elle l'a posé devant moi et a de nouveau quitté la pièce. Cette fois, quand elle est revenue, elle avait deux bols de céréales. Elle en posa une par terre devant moi et s'assit sur la chaise avec l'autre.

"Mange," fut tout ce qu'elle dit. Je me suis efforcé de ramasser le bol avec mes mains mais je me suis arrêté quand elle a ajouté : "Pas de mains." J'ai baissé mon visage vers le bol et j'ai mangé les céréales comme un chien alors qu'elle était assise devant moi, nue en train de manger son propre petit-déjeuner. Quand j'ai mangé autant que j'ai pu dans le bol, je me suis assis sur mes talons, attendant, l'énorme gode toujours enfoui dans mon cul et dépassant entre mes pieds. J'ai pris soin de ne pas forcer davantage. Sandra termina son petit-déjeuner et se leva, se dirigeant vers moi.

Elle se tenait à nouveau au-dessus de moi, sa chatte à un pouce de ma bouche.

"Ouvre la bouche Erika," dit-elle assez calmement. J'ai hésité. Elle a attrapé mes cheveux en les tirant. J'avais l'impression qu'elle allait l'arracher de mon cuir chevelu. J'ai ouvert la bouche. Sandra a commencé à pisser dans ma bouche. Je l'ai laissé remplir , sans avaler, puis ma bouche a débordé et sa pisse a coulé dans mon cou et sur mes seins. Elle semblait uriner sans fin et je me demandais combien d'eau elle avait bu en préparation pour ce matin. Ça a dû être beaucoup.

Quand elle a fini, elle a lâché mes cheveux et j'ai laissé le reste de sa pisse couler de ma bouche.

"Tu vois, c'est ce que fait un bon jouet." Elle se pencha et m'embrassa, plongeant sa langue dans ma bouche trempée de pisse , puis léchant mon visage. Elle a délié les cordes qui me retenaient et finalement le jouet massif a été retiré de mon anus.

« Monte sur le lit Erika. Je grimpai sur le lit et m'allongeai sur le dos. Sandra s'est déplacée au-dessus de moi, ses seins suspendus sous elle et traînant sur ma chair. J'ai frissonné quand un mamelon a effleuré mon monticule lisse, puis sur mon ventre. Elle les écrasa contre mes propres seins minuscules puis m'embrassa, se frottant contre ma cuisse.

Je lui rendis le baiser passionnément et laissai mes mains s'aventurer sur ses côtés puis sur ses fesses , me demandant s'il y avait une ligne que je ne devrais pas franchir et ce que cela risquait d'être. Mais Sandra ne semblait plus s'en soucier. Elle s'est assise au-dessus de moi et s'est ensuite déplacée vers l'avant jusqu'à ce qu'elle presse sa chatte contre mon visage. Je l'ai mangée, utilisant ma langue pour lécher et caresser son clitoris, serrant toute ma bouche contre elle et sondant l'intérieur avec ma langue. Sandra se frottait contre moi et il ne fallut pas longtemps avant qu'elle jouisse.

Puis Sandra a recommencé à redescendre le long de mon corps, cette fois en embrassant, en suçant et en mordant avec ses lèvres, sa langue et ses dents alors qu'elle parcourait ma chair. Quand elle a atteint ma chatte, j'ai pensé que j'allais exploser instantanément. La caresse de sa langue sur mon clitoris me fit réagir en réaction.

J'étais tellement excitée par la semaine de privation et de hasard que j'ai pensé que j'allais partir instantanément. Mais Sandra était manifestement très entraînée et savait ce qu'elle faisait. Elle m'a taquiné presque jusqu'à l'orgasme, puis a reculé, mordillant et embrassant l'intérieur de mes cuisses, ou utilisant ses doigts pour tirer sur mes mamelons. Puis elle agressait à nouveau ma chatte jusqu'à ce que j'y sois presque. Elle a poussé mes genoux vers ma poitrine et a enfoncé sa langue profondément en moi, puis a léché mon anus et a répété son action là-bas.

Enfin, elle m'a donné la libération, prenant mon clitoris entre ses lèvres, elle a tiré et aspiré dessus. J'ai crié quand mon orgasme m'a déchiré, mes jambes tremblant et se convulsant sous sa puissance. Je me suis senti gicler du liquide pendant que je jouissais, la première fois de ma vie. Sandra a lapé ma chatte, la nettoyant et l'aimant.

Après que j'aie récupéré, elle m'a traîné jusqu'à la douche où nous avons nettoyé, touché et caressé. C'était étrange que cette femme qui était ma maîtresse soit soudainement si sensible avec ses touchers. C'était comme s'il m'avait brisé, le jeu était fini.

Plus tard dans la journée, j'ai dit au revoir à Sandra et je suis partie. Je me demande souvent si je devrais aller lui rendre visite et qui je pourrais trouver ligoté par terre si je le faisais.

Un jour je.

FIN

www.ingramcontent.com/pod-product-compliance
Lightning Source LLC
Chambersburg PA
CBHW031125160726
47989CB00016B/1549

9 798215 385791